SOUVENIR

D'UN

VOYAGE EN ESPAGNE.

SOUVENIR

D'UN

VOYAGE EN ESPAGNE

OU

LA COURSE DES TAUREAUX.

PARIS.

IMPRIMERIE DE FAIN ET THUNOT,
Rue Racine, 28, près de l'Odéon.

M DCCC XLVI

A MONSIEUR

JOSEPH IGNACE PASTORE.

Mon cher père,

Habitué à votre indulgence qui n'a d'égale que votre affection, je prends la liberté de vous adresser ces quelques pages, que j'ai écrites autant pour m'exercer dans l'étude de la langue française, que dans l'espoir de vous les offrir comme un faible témoignage de la reconnaissance que je vous dois pour les soins affectueux que vous n'avez cessé de me prodiguer dès le moment où vous avez remplacé celui qui, presque en me donnant le jour, descendit dans la tombe.

C'est la description exacte et fidèle d'un spectacle auquel j'ai assisté plusieurs fois pendant mon
séjour en Espagne.

Veuillez l'agréer,

Nè che poco io vi dia da imputar sono ;
Che quanto io posso dar, tutto vi dono.

Votre très-affectionné fils,

François Guadagui.

Paris, ce 15 mars 1846.

LA

COURSE DES TAUREAUX.

Le voyageur qui parcourt l'Europe, pour peu qu'il observe les nations d'aujourd'hui, peut aisément s'apercevoir que le progrès de la civilisation est parvenu à réunir, dans une pensée presque unique, les hommes les plus éloignés par leurs tendances, par leur caractère, et par le lieu de leur naissance.

Grâce à cette civilisation qui, en propageant partout les mêmes principes, dirige nos efforts vers les mêmes buts, les mœurs autrefois farouches se sont adoucies, et les peuples se sont soumis à une espèce de fusion d'où est sortie cette ressemblance qui fait sans doute le désespoir de l'artiste, mais que la morale revendique comme la plus belle de ses conquêtes.

Presque partout le même costume a été adopté; l'opéra et la comédie jouissent partout de la même faveur, et le lion du boulevard de Gand pourrait, sans renoncer à aucune de ses douces habitudes, changer le séjour de Paris pour celui de n'importe quelle autre capitale du monde civilisé.

Il ne reste plus, comme trait caractéristique des différents peuples, que des danses et des chants liés intimement aux traditions nationales, et qui dureront par conséquent antant que ces dernières.

Cependant on doit excepter de cette loi générale la Péninsule occidentale de l'Europe. En Espagne et en Portugal, mais surtout en Espagne, on heurte à chaque instant contre des usages qu'on pourrait qualifier de barbares, et dont il est rare de trouver quelques vestiges chez les autres nations.

Celui qui frappe le plus le voyageur, et dont les habitants tirent la plus grande vanité, est la fameuse course des taureaux.

C'est un spectacle éminemment barbare auquel jadis les gens de la plus haute noblesse pouvaient seuls prendre part en qualité d'athlètes. Aujourd'hui ce sont des gens mercenaires qui s'y distribuent les différents rôles, mais quoique ce tournoi ait perdu de son ancienne splendeur, il n'est guère possible qu'il ait provoqué en d'autres temps un plus grand enthousiasme.

Pendant la belle saison, et la belle saison, comme on sait, dure en Espagne huit ou neuf mois, chaque grande ville, à quelque exception près, veut jouir tous les huit jours de sa course de taureaux.

Les Espagnols aiment à la folie ce genre de divertissement, de sorte qu'ils ont construit des bâtiments grandioses destinés exclusivement à cet usage.

Ces bâtiments se ressemblent beaucoup par la construction et ils ne varient que par le plus ou le moins d'étendue; mais en général ils peuvent contenir environ de dix à douze mille spectateurs.

Ils ont une forme ronde, et on y pénètre par plusieurs portes et escaliers qui se trouvent à égale distance les uns des autres, et servent de communication aux différents étages de l'édifice.

A l'intérieur il y a une place assez vaste qui tient le milieu du monument et qui sert de scène. Cette place aussi est ronde. Elle est formée par des planches à hauteur d'homme , retenues par des poteaux enfoncés dans le sol.

A la distance de deux mètres à peu près de cette première enceinte il y a une espèce de rempart en brique qui , formant une allée circulaire, protége les spectateurs. Le rempart s'étend en plaine montante, et prend l'aspect d'un escalier à grands gradins de pierre où le monde va s'asseoir. Dans le bas, les deux tiers des gradins sont à découvert, et la troisième partie en haut se trouve placée sous une loge , au-dessus de laquelle il y en a une seconde. Le devant des loges est construit en bois et le derrière est adossé au mur, qui est séparé du mur extérieur de l'édifice. Dans l'espace compris par ces deux murs on a construit des galeries qui servent à faciliter l'entrée et la sortie de ceux qui s'empressent de venir prendre leur part au spectacle.

D'abord, lorsque l'on entre dans le bâtiment et qu'on y jette un premier coup d'œil , on ne s'aperçoit pas que dans les gradins du rempart on a pratiqué des ouvertures qui servent de corridors, et qui correspondent aux portes extérieures et aux escaliers, tant ces ouvertures-là sont petites et se cachent dans l'étendue symétrique des gradins.

Puis l'on voit quatre grandes portes qui partagent l'édifice en quatre parties égales. Elles sont au niveau de la place, et elles séparent la partie antérieure du rempart et de l'enceinte. Ces portes d'une grande solidité tournent sur des gonds, et lorsqu'elles sont ouvertes, elles vont former un corridor avec celles du rempart, et elles barrent le passage de l'allée environnante, de manière à rendre impossible la circulation tout autour.

L'une de ces portes va jusqu'à l'extérieur et forme la façade de l'édifice. Il y a au-dessus une loge plus grande et plus ornée que les autres, occupée par les hauts employés du gouvernement. En face et au-dessus de l'autre porte, il y a une loge semblable occupée par l'orchestre.

D'après cette description on voit que les Espagnols ont suivi dans ces sortes de bâtiments le dessin des anciens amphithéâtres romains ; mais il est à regretter qu'ils n'aient pas imité le bon goût et la richesse des édifices de ce grand peuple. Ce n'est qu'à la grandeur de ses monuments que Rome doit de se survivre à elle-même ct d'être imposante au milieu de ses ruines.

En vérité, on dirait que ces monuments augustes et majestueux ont échappé à la dévastation des barbares comme une tradition vivante de la gloire impérissable de nos ancêtres.

Les courses de taureaux n'ont lieu que dans l'après-midi ; mais dès que le jour commence à paraître on voit arriver de toutes parts et jusque des pays fort éloignés, des flots de peuple qui s'agitent et courent comme s'ils devaient assister pour la première fois à un spectacle tout à fait extraordinaire.

Voici de quelle manière les Espagnols ont l'habitude de préluder au tournoi :

Un piquet de cavalerie entre par la porte principale, l'épée au poing, et après avoir fait un tour dans l'intérieur de la place, sort par où il est venu.

La troupe qui joue dans la course entre ensuite. On voit en tête une douzaine d'hommes qu'on appelle dans la langue du pays *bandereros* (porteurs de drapeaux). Ils marchent de front en deux rangs et ils sont habillés en Figaro, c'est-à-dire, coiffés d'une perruque à chignon. La veste ronde, la culotte, les bas, les souliers, en un mot tout ce qu'ils ont sur eux est d'une coupe excessivement gracieuse. Le costume est le même pour tous ; mais la couleur varie et l'on peut les distinguer aussi par le plus ou moins de richesse dans les broderies qui sont en or et en argent, et fort bien travaillées et de fort bon goût. Chacun d'eux porte autour du bras un drapeau où s'étalent toutes les couleurs. Derrière ceux-ci viennent deux autres individus, désignés sous le nom de *matadores*, qui ne diffèrent des *bandereros* que par leur drapeau qui est d'un rouge écarlate.

Cette troupe est suivie de six hommes à cheval, nommés *picadores*, qui sont habillés en Don Quichotte. Un chapeau à grands bords relevés et attaché sous le menton par un long ruban forme leur coiffure. La couleur de leur veste et de leur pantalon est rouge. Les coutures sont brodées en jaune, mais d'un goût à la fois simple et sévère. Leurs jambes et leurs cuisses sont recouvertes d'une armure en fer, cachée sous les pantalons, ce qui rend leurs mouvements lourds et d'un effet excessivement disgracieux. Ils tiennent en main une espèce de pique longue d'environ trois mètres, armée d'une petite pointe d'acier.

La marche des *bandereros*, des *matadores*, et des

picadores est fermée par six mulets parfaitement har-
nachés et conduits en laisse. Voici maintenant une fois
rassemblés au milieu de la place, dont ils ont fait le
tour, de quelle manière ils se partagent : les *bandereros* vont se placer tout autour de l'enceinte, et des
six *picadores* trois restent et les trois autres, qui n'ont
qu'un rôle supplémentaire, se retirent par la porte
qui est à gauche de la grande entrée. Les mulets sor-
tent par la porte opposée. Un instant après les *matadores* les suivent.

Tout à coup on voit paraître dans le milieu du
cirque un cavalier en habit rond noir, et portant des
longues bottes à l'écuyère et un chapeau à trois
cornes.

L'entrée de cet étrange personnage est saluée par
des applaudissements frénétiques, et c'est vraiment
plaisant que de le voir caracoler et saluer gracieuse-
ment les spectateurs.

Un paysan dans un costume assez propre vient,
chapeau bas, à sa rencontre et reçoit des mains du
cavalier un trousseau de clefs que celui-ci lui remet
avec une dignité parfaite. L'humble paysan est le
gardien des taureaux, et ce fier cavalier est le chef

de la troupe, ou, en d'autres mots, l'entrepreneur du spectacle.

Tous ces prélégomènes, tant soit peu grotesques, sont accompagnés d'une musique martiale qui a déjà retenti dans le cœur des Espagnols lorsque ceux-ci luttèrent contre les aigles du moderne Alexandre.

Celui qui n'a jamais été en Espagne ne peut guère se faire une idée exacte des taureaux destinés au tournoi. Ces énormes bêtes qui appartiennent à une race choisie et dont on ne se sert que pour la course, sont d'une vigueur extraordinaire, et vraiment incroyable. Leur férocité naturelle est augmentée par l'influence du climat d'abord, puis ensuite par la manière dont ils sont élevés, qui est tout à fait sauvage. A ces circonstances viennent s'ajouter et leur âge, car il faut qu'ils aient atteint sept ou huit ans, et les martyres qu'on leur a fait subir avant de paraître dans le tournoi. A cette époque le taureau, armé de cornes fort longues et très-aiguës, peut déployer toute la mâle beauté de ses formes, dont le développement révèle toujours un degré extraordinaire de férocité.

Aussitôt le chef de la police par un signe ordonne

de commencer, et le son d'une trompette retentit dans le cirque ; la porte au-dessous de la musique s'ouvre et l'on voit le taureau se précipiter dans l'arène. A peine a-t-il franchi le seuil, on referme les portes derrière lui.

Seul au milieu de tant de monde, et frappé de bruits si divers, l'air étonné, égaré, il court à droite, à gauche, il avance, il recule sans savoir ni où il va ni ce qu'il veut.

Mais dès qu'il aperçoit les bandéréros, et que ceux-ci commencent à agiter leur drapeau au-dessus de sa tête, son irrésolution cesse, et d'un bond il s'élance sur eux.

Il n'y a presque pas d'exemple que le taureau ait atteint son ennemi dans ce prélude de lutte ; toute la souplesse et l'agilité des bandéréros ne suffirait pas pour les sauver de ce choc ; mais, par suite de longues études de taureaumachie, ils sont parvenus à prévoir tous les mouvements de leur redoutable adversaire.

Les bandéréros ont plusieurs manières de se mettre à l'abri des attaques du taureau. D'ordinaire ils se sauvent en s'élançant d'un bond derrière le taureau, qui ne peut pas, avec la même rapidité, faire volte face, et suivre leurs mouvements. Quelquefois ils lui jettent le drapeau qu'il attrappe avec ses cornes et qu'il flaire un instant, ce qui leur donne le temps de s'éloigner. Souvent il arrive qu'ils sont obligés de se sauver en sautant par-dessus les planches de l'enceinte. Alors le taureau s'efforce de franchir l'enceinte à son tour. Quelquefois, mais rarement, il arrive qu'il se jette lui aussi dans l'allée qui environne la place.

Il est plaisant alors de voir les plus chauds amateurs de ce genre de spectacle, qui, pour ne pas perdre le moindre détail, viennent pour ainsi dire se placer sous les cornes du taureau, puis, frappés de terreur, sauter à la hâte par-dessus l'enceinte, et s'accrocher les uns les autres dans la confusion la plus ridicule.

Le taureau, maître de l'allée, la parcourt pour y chercher une issue ; mais une demi-porte de l'enceinte qu'on ouvre lui barre le passage, et ce n'est pas sans étonnement qu'il se voit derechef en butte aux attaques de ses ennemis.

Les picadores qui, eux aussi, ont déjà peut-être

pris part à l'action , quoique je les aie pour un instant oubliés , viennent à la rencontre du taureau.

L'un d'eux , arrêté à quatre pas du terrible animal, et serré fortement sur son arçon, baisse sa pique et vise au cou. Le taureau de son côté, la tête haute, les yeux fixés sur son adversaire , dont il semble mesurer la force , s'arrête un instant, puis honteux de son ir- résolution , il frappe du pied la terre en creusant le sable, baisse la tête pour mieux viser de sa formi- dable corne son ennemi, et d'un saut il est sur lui. A ce terrible choc, presque toujours l'arme du pica- dor tombe de sa main ou se brise; alors, assailli par le taureau, il abandonne les rênes de son cheval qui en est toujours la victime, il gagne l'enceinte près de laquelle il a soin d'amener le combat, et en s'y accro- chant il se sauve.

Quelquefois le taureau , après avoir donné le pre- mier coup de corne, se jette sur un second picador, puis sur le troisième; mais tôt ou tard, après avoir désarçonné le cavalier, c'est sur le cheval qu'il s'é- lance, dans le ventre duquel il enfonce ses cornes avec fureur. Tantôt il l'écrase contre les planches, tantôt il le traîne dans le cirque. Le pauvre animal qui a les yeux bandés ne peut pas se défendre, souffre

les plus atroces martyres, et pousse d'affreux gémis-
sements. Bientôt tout son corps est en lambeaux.
Enfin, le taureau le quitte. Hélas! quel spectacle! Un
torrent de sang s'échappe de ses chairs déchirées. On
voit ses intestins fumants, traînant dans le sable. La
douleur le fait courir; alors, de ses pieds de derrière,
il foule ses entrailles, qui, déchirées, demeurent
éparses sur le sol. Si, par hasard, la blessure ayant été
moins profonde, il reste encore au cheval la force
de porter son cavalier, celui-ci se remet aussitôt en
selle, recommence de son mieux la lutte, le force à
marcher, le fait courir même s'il le peut, jusqu'à ce
que la mort vienne mettre fin à ses tourments.

Mais souvent l'on est témoin d'accidents bien plus
graves, car il arrive que le taureau renverse le picador,
ou à l'improviste, ou lorsque celui-ci est un peu éloi-
gné de l'enceinte, et en jetant son cheval sur lui, le
met dans l'impossibilité de fuir. Il arrive même par-
fois que le picador se casse un membre dans la chute,
et, en un mot, lorsqu'il tombe, il est en butte à la fureur du taureau, qui peut même le tuer. Les *bandereros* accourent alors avec leurs drapeaux qu'ils
agitent aux yeux du taureau pour l'attirer à eux et
sauver le malheureux picador; mais quelquefois ils

arrivent trop tard, ou ils ont affaire à des taureaux en-
têtés qui n'abandonnent leur proie qu'après avoir
entièrement assouvi leur vengeance. Ainsi il peut se
faire que des hommes restent sans vie dans le cirque,
et pourquoi, grand Dieu?..... Pour servir à de barbares amusements !

On cite des courses dans lesquelles un seul taureau
a mis hors de combat une quinzaine de chevaux. Quoi
qu'il en soit, un autre picador vient prendre la place
du dernier, et le tournoi marche du même pas jusqu'à
ce que le taureau, fatigué du carnage, se refuse à une
plus longue lutte. Alors la trompette retentit et la scène
change d'aspect. Les picadores restent dans la place,
mais ils ne prennent plus part au tournoi. Les bandé-
riéros seuls vont à la rencontre du taureau, tenant à
chaque main un bâton qui a la forme d'une flèche,
armé d'une petite pointe d'acier en guise d'hameçon.
Ces morceaux de bois sont recouverts de pétards; le
picador se présente devant le taureau, s'arrête à six
pas environ de lui, et l'agace en agitant les bâtons.
Celui-ci se jette sur le picador tête baissée; mais le
picador, au premier pas que fait le taureau, devine
la corne dont il doit éviter le terrible coup ; par un
mouvement rapide il s'esquive, et à l'instant même où

le taureau passe à côté de lui, il se retourne et lui enfonce au cou les deux flèches, qui restent accrochées dans les chairs. Chaque picador à son tour fait de même, et il y en a d'un tel sang-froid et d'une telle adresse, qu'ils sautent par-dessus les cornes du taureau pour lui enfoncer les flèches. Cette espèce de vaillance leur attire de bruyants applaudissements.

Le taureau secoue la tête et par ces mouvements il redouble ses souffrances. Il fuit et arpente la place avec fureur. Mais il rencontre un autre picador qui lui joue le même tour. En même temps les pétards éclatent autour de son corps. A ce bruit, à la fumée et à la flamme qui l'enveloppent de toutes parts, entièrement hors de lui et les yeux égarés, tantôt il se cabre comme un cheval, tantôt il lance des ruades des deux pieds à la fois. Ses mugissements effroyables retentissent sans interruption dans le cirque. Ses pieds frappent et creusent le sol. Le sable vole dans l'air, une bave abondante s'échappe de sa bouche écumeuse et un mouvement convulsif fait trembler tous ses membres. C'est plus que de la fureur, c'est de la rage.

Mais bientôt épuisé, il s'arrête et promène autour

de lui un regard terrible et méfiant à la fois. Alors pour la troisième fois la trompette se fait entendre, et le matador se présente au-devant du taureau tenant l'épée d'une main et de l'autre son drapeau écarlate attaché à un bâton. Le taureau, ennemi par instinct de la couleur rouge, se précipite d'un saut vers le drapeau. Mais le matador lève le bras et le laisse passer par-dessous. Le même tour d'adresse recommence quatre ou cinq fois. Enfin dans une de ces courses et au moment où le taureau se dispose à donner un fort coup de corne, le matador lui enfonce vivement l'épée tout entière dans le corps en le perçant entre l'épaule et le cou, de telle façon que la corne du taureau lui frise l'aisselle.

La malheureuse bête, blessée de la sorte, fait quelques pas, puis elle tombe et termine son martyre.

Cependant il arrive quelquefois que la blessure ne cause pas une mort instantanée. Alors il est à la fois triste et imposant de voir le taureau saisi d'un frisson général, verser le sang qui coule de sa bouche, de ses narines, de sa blessure. A peine peut-il se soutenir sur ses jambes tremblantes, et jeter un regard terrible et bientôt languissant vers ses ennemis. Mais un autre coup d'épée ne tarde pas à le faire tomber. Enfin une fois qu'il est à terre, il reçoit le coup de grâce, c'est-à-dire, qu'on lui enfonce un couteau entre les cornes, ce qui lui ôte entièrement tout reste de vie.

A cette vue, les applaudissements éclatent bruyants dans le cirque, et l'on dirait qu'une frénésie délirante s'est emparée des spectateurs. On les voit jeter dans le cirque en signe de grande satisfaction leurs chapeaux qui, relancés un instant après à leur nez, causent une confusion, un vacarme, dénoûment tout à fait comique de la tragédie qui vient de se dérouler.

Alors un autre taureau paraît, et le nombre de ces victimes immolées le même jour varie de six à dix, quoique la lutte soit répétée pour chaque taureau, d'un bout à l'autre.

Telle est la course des taureaux en Espagne, et telle est l'habitude contractée par les femmes elles-mêmes d'assister à cet affreux spectacle qu'elles ne laissent entrevoir nulle émotion à la vue des malheurs de toute sorte qui arrivent aux athlètes.

Et tel est le bonheur que les Espagnols éprouvent à

la vue du carnage des pauvres chevaux, qu'on peut dire, sans crainte d'être taxé d'exagération, que ce n'est qu'une soif inextinguible de sang qui les pousse à cet abominable amusement.

Maintenant, pour l'édification du lecteur, nous ajouterons qu'on vient de supprimer l'Université des sciences en Séville, pour y substituer une école de taureaumachie ! ! !

9 782016 140260